LES TORTS APPARENS

OU

LA FAMILLE AMÉRIQUAINE,

COMÉDIE

EN PROSE ET EN TROIS ACTES.

PAR M. G...y.

*Représentée pour la première fois à Paris sur le
Théâtre du Palais-Royal, le 15 Mars 1787.*

Prix 1 liv. 4 sols.

A PARIS,

Chez **CAILLEAU**, Imprimeur-Libraire,
rue Galande, N°. 64.

M. DCC. LXXXVII.

PERSONNAGES. ACTEURS.

SIR MURER. Riche Amériquain, *M. Beaulieu.*
homme très-brufque ; mais très-bon,
commençant prefque toujours par
une brufquerie ; mais finiffant par
une expreffion de fenfibilité. Habit
de drap bleu de Roi, vefte, culotte
& bas noir, perruque ronde. — Il a
une quarantaine d'années.

Madame **MURER**, SA FEMME, encore *Madame Verdier.*
jeune — d'un caractère fort doux.
Habit à l'Anglaife, chapeau, &c. en
tout un cofthume fimple.

MISTRISS BENWEL, SŒUR DE *Madame Prieur.*
MURER C'eft une Madame de Mar-
tigue pour le ton de gaité. Habit &
chapeau de voyage à l'Anglaife, le
tout fort élégant.

CORALI, LEUR NIÈCE. Caractère de *Mlle Tabraife l'ainée.*
jeune amoureufe. Habillement blanc
très-fimple. Chapeau à l'Anglaife.

SUDMER, AMI DE MURER, & Quaker. *M. Michot.*

MELCOUR, OFFICIER FRANÇAIS, *M. Saint Clair.*
AMOUREUX DE CORALI. En uni-
forme.

BLAEK-COMMIS DE MURER, hom- *M. Boucher.*
rampant, faux, Habit de drap gris
de fer très-foncé, culotte & vefte
blanc, noire. Cœffure analogue.

BETTI. FEMME DE CHAMBRE DE
MADAME MURER. Habillement *Mademoifelle Fiat.*
prefque comme Corali.

FRONTIN. VALET DE MERCOUR. *M. Bordier.*
Habit de Valet de Chambre.

La Scène fe paffe en Amérique dans la maifon de Sir Murer.

LES TORTS APPARENS

ou

LA FAMILLE AMÉRIQUAINE,

COMÉDIE.

ACTE PREMIER.

Le Théâtre repréfente un Salon, une Table, deux Fauteuils à doffier fort élevé, un Métier a ta- pifferie, un Cabinet de chaque côté ; celui à droite (des Spectateurs) eft la chambre de Corali, l'autre celle de Miftriss Benwel.

SCENE PREMIÉRE.

MADAME MURER, CORALI.

(Elles font à l'ouvrage au lever du rideau.)

Madame MURER.

CONVIENS-EN, ma bonne amie ; on n'a pas cet air rêveur, inquiet, trifte même que je te vois fouvent, quand le cœur n'eft pas occupé.

CORALI.

Ma tante......

Madame MURER.

Pourquoi avoir manqué si long-tems de confiance envers ta meilleure amie? Tu aimes, j'en suis sure ; & je te connais trop pour craindre que tu ayes à rougir de ton choix.

CORALI.

En rougir ! ah ! ma chère tante ! croyez au contraire que je pourrais en être vaine.

Madame MURER.

Fais-le-moi donc connaître, ou je douterai de ton amitié pour moi.

CORALI.

Je suis trop sensible à ce reproche pour vouloir le mériter davantage. Vous allez tout savoir. Un parti de Sauvages attaqua, l'année dernière, notre habitation, & plusieurs Nègres, qui avaient voulu se mettre en défense, avaient déjà péri, lorsqu'un jeune Officier Français parut à la tête de quelques soldats. Quoique les Sauvages fussent très-supérieurs en nombre & très-déterminés, il les défit après des prodiges de valeur ; mais il fut grièvement blessé. Ma mère le fit transporter chez elle ; &, pendant un mois que sa vie fût en danger, nous ne le quittâmes pas un instant.

Madame MURER.

Et pendant ce tems, l'amour, sans doute ?....

CORALI.

Qui ne l'aurait pas aimé ? Le courage, l'esprit, l'aménité, les graces, il réunit tout, & il était notre libérateur.

Madame MURER.

Et un pareil libérateur a bien des droits sur
notre ame !

CORALI.

Ne croyez pas que le sentiment m'ait trom-
pée. Ma respectable mère lui rendait la même
justice. Elle ne tarissait pas sur son éloge, &
elle partagea mes regrets, lorsque la guérison de
cet aimable Français le rappella à son devoir.
Pour lui, si vous aviez vu sa douleur !.....

Madame MURER.

Depuis ce tems, a-t-il donné de ses nouvelles ?

CORALI.

Je n'en ai pas reçu depuis que j'ai quitté Charlestown ; mais je n'ose encore l'accuser d'incons-
tance. Peut-être l'avis que je lui ai fait donner
ne lui est-il pas parvenu. Peut-être..... (*avec l'ex-
pression de l'effroi*) Melcour est si brave !.... & son
état l'expose à tant de dangers !

Madame MURER.

Melcour, dis-tu ?

CORALI.

Vous le connaissez ?

Madame MURER.

J'ai vu souvent chez mon père un Français de
ce nom. Si c'est le même, il ne dément pas l'éloge
que tu viens d'en faire. Il était généralement estimé
dans Boston.

CORALI.

C'est lui, je n'en saurais douter. La justice que
vous lui rendez me fait espérer que vous verrez
mon penchant avec autant d'indulgence que ma
respectable mère.   A 3

SCENE II.

LES PRÉCÉDENS, BETTI.

BETTI.

VOILA Miftriff Benwel qui arrive.

Madame MURER.

Ma belle fœur ? Je vais la recevoir. (à *Corali.*)
Attends-nous ici, je te préfenterai dans quelques
inftans.

(*Elle fort.*)

SCENE III.

CORALI, BETTI.

BETTI.

VOUS ne connaiffez donc pas Miftriff Benwel,
votre tante ?

CAROLI.

Non.

BETTI.

C'eft une excellente perfonne — un peu co-
quette pour fon âge.... un peu fingulière.... d'une
vivacité qui pourra d'abord vous étourdir.... La
voici.

SCENE IV.

MADAME MURER, MISTRISS BENWEL, CORALI, BETTI.

MISTRISS BENWEL.

COMMENT! il n'eſt pas ici, mon frère? mais c'eſt fort mal. J'ai cependant eu l'attention, à l'inſtant même de mon débarquement, de lui dépêcher mon petit John, qui eſt bien le courrier le plus alerte, & le garçon le plus exact des trois Royaumes.

Madame MURER.

John eſt ici depuis deux jours; mais il y a plus d'un mois que Sir Murer eſt abſent. Nous l'attendons à chaque inſtant.

MISTRISS BENWEL.

Encore quelque ſpéculation de commerce? Il ne ſe trouvera donc jamais aſſez riche?

Madame MURER.

Jamais, tant qu'il connaîtra des malheureux à ſecourir.

MISTRISS BENWEL.

Je le reconnais bien là. C'eſt le mortel le plus bruſque de l'univers; mais je ne crois pas qu'il puiſſe exiſter un meilleur cœur. (*Elle apperçoit Corali.*) Quelle eſt cette charmante perſonne?

Madame MURER.

C'eſt notre nièce, la fille de notre ſœur Hervill.

A 4

MISTRISS BENWEL.

Que ne me le difiez-vous donc?—Embraffe-moi, ma chère enfant—(à *Madame Murer.*) Le portrait n'était pas flatté. On ne m'a rien dit de trop, elle eft charmante. (à *Corali.*) Sais-tu bien, ma chère, que fans te connaître, je me fuis beau-coup occupée de toi?

CORALI.

Je vous prie, Madame, de croire que j'en fuis pénétrée.

MISTRISS BENWEL.

Il y a de finguliers hafards.—Il faut qu'il fe trouve là, précifément là,—En vérité, ces Fran-çais font charmans.—Pour moi, j'en raffole. J'en connais un fur-tout,—C'eft bien le plus aimable jeune homme !.....

CORALI, à *Madame Murer.*

J'apperçois Monfieur Black, le Commis de mon oncle.

MISTRISS BENWEL, *regardant du côté par lequel Blak doit entrer, & avec l'expreffion du plus grand mépris.*

Comment! ce Blaek eft toujours ici? après la hardieffe de fa démarche !

Madame MURER.

J'aurais peut-être dû fuivre votre confeil, & avertir Sir Murer; mais ce malheureux Blaek tient tout de nous; il aurait été perdu fans reffource, & il m'a témoigné un repentir fi touchant !..... Il m'a depuis montré tant de refpect !.... J'ai d'ail-leurs engagé Sir Murer à le charger de fes affai-res à Londres. Ce moyen l'éloignera de moi pour

toujours, & c'est tout ce que je dois vouloir. Où
en serait-on, si, pour un moment d'erreur, il
fallait vouer un homme à l'infortune?

SCENE V.

LES MÊMES, BLAEK, (*Démarche, ton &
maintien de tartuffe.*)

MADAME MURER.

QUE voulez-vous, Monsieur Blaek?

BLAEK.

Je prends, Madame, la liberté de vous com-
muniquer un avis que je viens de recevoir, con-
cernant l'arrivée de Sir Murer.

Madame MURER.

Il arrive?

BLAEK.

Oui, Madame. Quelqu'un qui l'a vu sur la route,
vient de m'assurer qu'il serait bientôt ici, & j'ai
vîte couru.....

Madame MURER.

Je vous remercie, Monsieur Blaek.

MISTRISS BENWEL.

Que je ne vous gêne pas. Allez au-devant de
lui; mais vous me laisserez quelqu'un pour me conduire; je vous rejoindrai bientôt.

Madame MURER.

Monsieur Blak restera à vos ordres.

BLARK.

Je m'y rendrai, dès que Madame m'appellera.

(*Il sort par la droite (des Spectateurs.*) *Madame Murer & Corali par la gauche.*)

SCENE VI.

MISTRISS, BENWEL, BETTI.

MISTRISS BENWEL.

D is-moi, Betti; ma nièce Corali t'a sûrement parlé de son amour pour Melcour?

BETTI.

Madame.....

MISTRISS BENWEL.

Tu veux faire la discrete avec moi? Tu aurais tort. Ma curiosité n'a pour motif que le desir de servir cette chère enfant.

BETTI.

Je peux donc vous avouer, Madame, que depuis un moment, je sais son secret, quoiqu'elle ne me l'ait pas confié. Le hasard a voulu que je me trouvasse dans ce cabinet, au moment où elle en a fait confidence à Madame Murer.

MISTRISS BENWEL.

Et tu n'en as pas été fâchée?

BETTI.

Je ne dois pas l'être, si cela me met à même de vous seconder dans le desir que vous avez de fervir Mademoifelle Corali que j'aime de tout mon cœur.

MISTRISS BENWEL.

Ecoute donc. Tu connais cette grande forêt qui eft fur la route. Au moment de la traverfer, la frayeur s'eft emparée de moi, au point que je ne fais pas trop fi je ferais allée de-là fans un Officier Français qui fe trouvait dans la même auberge que moi, & qui m'a offert de m'efcorter. Tu juges fi j'ai accepté, & fi la connoiffance a été bientôt faite. Dès qu'il a fçu que j'étais fœur de Murer, & tante de Corali, fa joie l'a trahie. C'était précifément ce Melcour, l'amant de ma nièce. — Il m'avait prêté fecours, je lui devais protection. Enfin je l'ai amené ici avec l'intention de le fervir de tout mon pouvoir.

BETTI.

Que vous êtes bonne! je vais tout de fuite faire part à Mademoifelle Corali.....

MISTRISS BENWEL.

Eh! non, non, je te prie. La prudence veut qu'auparavant je connoiffe l'intention de Sir Murer. Et puis une marche auffi fimple ôterait tout le prix d'une pareille circonftance. Je veux au contraire en tirer parti pour faire un fcène de furprife qui fera délicieufe, unique. Je me concerterai avec ma fœur, pour donner ce foir à l'occafion de l'arrivée de fon mari, une fête, au milieu de laquelle cette fcène fera merveilleufement bien. — Mais ce n'eft pas de cela qu'il s'agit à préfent. J'ai fait cacher Melcour dans le petit bois qui borde l'avenue. Je lui ai prefcrit d'y refter jufqu'au moment favorable pour l'introduire ici, fans qu'il foit vu par perfonne, & c'eft fur ton adreffe que j'ai compté pôur cela.

BETTI.

Je ne négligerai rien pour répondre à votre confiance.

MISTRISS BENWEL.

Tu pourras choifir le moment où l'on prendra le thé. Il fera tout-à-fait nuit. L'arrivée de mon frère occupera tout le monde.

BETTI.

Comptez fur mon zèle.

MISTRISS BENWEL.

Tu as bien compris? Melcour caché dans le petit bois qui borde l'avenue.

BETTI.

J'ai fort bien entendu.

MISTRISS BENWEL.

Songe que je me repofe fur toi. — Le fecret même avec Corali. Mais nous pourrions donner des foupçons en reftant trop enfemble. En fortant, tu avertiras Blak que je l'attends pour aller rejoindre ma fœur.

BETTI.

Le voilà. (*Elle fort.*)

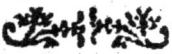

SCENE VII.

MISTRISS BENWEL, BLAEK, UN DOMESTIQUE.

BLAEK.

JE vous supplie, Madame, de vouloir bien m'excuser, si je me fais remplacer pour vous accompagner. Une affaire bien importante me retient ici, & m'empêche d'avoir cet honneur.

MISTRISS BENWEL, *sèchement.*

Je n'en suis point du tout fâchée, M. Blak. (*Au domestique.*) Allons.

SCENE VIII.

BLAEK, *seul.*

SANS doute elle est bien importante, l'affaire qui me retient ici. Cet Officier que, de la fenêtre, je viens d'appercevoir dans le petit bois...... L'éloignement, l'obscurité ne m'ont pas permis d'éclaircir entièrement mes doutes ; mais je serais bien trompé, si ce n'est pas ce Melcour ; oui, Madame Murer, ce Melcour que j'ai vu si souvent chez votre père avant votre mariage. Vos liaisons datent sûrement de-là — & je ne suis plus étonné que vous ayez dédaigné mes vœux. Ah ! si c'est lui, comme je n'en doute déjà plus, tremblez, Madame Murér, tremblez. Votre époux est d'un caractère fougueux ; il est sûrement jaloux, & le mépris dont vous avez payé mon amour va vous coûter bien cher ! — Allons vîte m'assurer si mes soupçons sont aussi fondés que je l'espère.

Fin du premier Acte.

ACTE II.

SCENE PREMIÈRE.

BLAEK, *seul.* (*Il tient un paquet de lettres qu'il pose sur la table.*)

JE ne m'étais pas trompé. C'est Melcour, c'est bien lui, & tous mes soupçons se trouvent justifiés. Betti vient de l'aborder avec mystère, de le faire cacher dans l'endroit le plus fourré du petit bois. Betti, la femme de confiance de Madame Murer ! (*) « Ah ! je ne suis plus étonné de » sa faveur. Comment ai-je pu ne faire qu'aujour- » d'hui cette heureuse découverte ? Mais aussi, » comment aurais-je pu avoir des soupçons, après « cette vertu si austère, en apparence, que Ma- » dame Murer m'avait opposée ? » Je lui avais presque pardonné d'avoir rebuté mon amour ; mais c'était parce qu'un autre occupait son cœur ! — Ah ! je serai vengé, Madame Murer, je serai vengé. Le Ciel amène à propos votre fougueux époux ; & s'il est aussi jaloux que je le desire, cette lettre (*Il sort de sa poche une lettre qu'il fait voir bien distinctement.*) Non, le Diable ne reconnaîtrait pas là mon écriture. Je serai vengé sans

---

(*) On a cru à la représentation, devoir supprimer les endroits guillemetés, pour la rapidité de l'action théâtrale. On les a laissé pour l'effet de la lecture, qui n'est pas toujours le même.

être compromis. Et qui fait si je ne pourrai pas mettre à profit les événemens? Avec de la prudence, il y a toujours à gagner dans les diffenfions.

SCENE II.

BLAEK, SUDMER, *avançant lentement.*

B L A E K, *lui faifant beaucoup de révérences.*

OSERAIS-JE, Monfieur, vous demander ce que vous défirez?

SUDMER.

Où eft Murer?

BLAEK.

Il eft ici depuis quelques inftans.

SUDMER.

Je le fçais, puifque j'arrive avec lui. Mais il court fi vîte!

BLAEK.

Monfieur eft fûrement fon ami?

SUDMER.

Que t'importe? Eft-ce pour calculer la profondeur de tes révérences? Elles font perdues. Où eft Murer?

BLAEK.

Je crois qu'il eft allé rejoindre ces Dames. L'empreffement de revoir une époufe chérie, doit être fon excufe auprès de vous.

SUDMER.

Eft-ce que je me plains?

BLAEK.

Si vous vouliez, j'aurais l'honneur de vous conduire.

SUDMER.

SUDMER.

Non. Dans de pareilles occafions, les étrangers font toujours de trop. Je l'attendrai ici.

BLAEK.

Quelque peu qu'on attende, cela impatiente.

SUDMER.

Il n'y a que les gens polis qui me font perdre patience.

BLAEK, *à part.*

J'aurai de la peine à capter la bienveillance de cet homme-là.

SCENE III.

LES MÊMES. SIR MURER, MADAME MURER, MISTRISS BENWEL, CORALI.

(*En faifant fa dernière reponfe à Blaek, Sudmer l'a quitté avec humeur, & fe trouve dans le fond du Théâtre, (à droite des Spectateurs) quand les autres arrivent (à gauche des Spectateurs). de manière qu'ils peuvent fe placer fans le voir.*

(*Blaek préfente les Lettres à Sir Murer qui les prend, les ouvre & les parcourt, fans que le Dialogue foit interrompu. Blaek l'obferve & témoigne fon impatience à chacune des Lettres que Sir Murer décachete avant la fienne. Il exprime de même fa joie, lorfque Sir Murer en eft à celle-là.*)

MURER.

QUELLE idée d'aller m'attendre fur la grande route ! Ne favez - vous pas que l'autre eft plus

B

courte d'un quart de mille ? (*)— Cela se compte quand on vient revoir ceux que l'on aime.

MISTRISS BENWEL.

Savez-vous bien, mon frère, que voilà qui est du dernier galant ?

MURER.

Galant, si vous voulez : c'est ce que je pense.

MADAME MURER.

Mon ami, ton absence a été bien longue.

MURER.

Peu s'en est fallu qu'elle ne fût éternelle. J'ai manqué périr en traversant le grand fleuve.

MADAME MURER.

Ensemble. {
Ah ! Ciel !

CORALI.

Ah ! Dieu !

MISTRISS BENWEL.

Comment cela ?
}

MURER.

Eh, bien ! n'allez-vous pas vous effrayer pour un danger passé ?— Il n'y faut plus penser à présent, que pour sentir davantage le plaisir d'être réunies ; mais c'en était réellement fait de moi sans un Français.

MADAME MURER.

Ensemble. {
Un Français !

CORALI !

Un Français !

MISTRISS BENWEL.

Un Français !
}

_____

(*) Les tirets, dans le rôle de Murer, marquent le passage du ton brusque au ton sentimental.

MURER.

Comme la tête vous tourne, à vous autres femmes, dès que l'on parle d'un Français ! — Il est vrai que s'ils étaient tous aussi solides qu'aimables.....

MISTRISS BENWEL, *vivement.*

Ils font charmans.

CORALI.

Il y en a qui réunissent.....

MURER.

Oui, celui à qui je dois sa vie en est la preuve. Pour sauver mes jours, il a généreusement exposé les siens. Eh bien ! il a mis à une si belle action si peu d'importance !..... Je n'ai pas même pu obtenir de savoir son nom.

MISTRISS BENWEL.

Ils font toujours comme cela. J'espère que, quand vous connoîtrez le mien, vous l'a imerez aussi.

MURER, *gaîment.*

Ah ! vous en avez un !

MISTRISS BENWEL.

Le plus charmant de tous. Sans lui, je n'aurais jamais osé traverser cette effrayante forêt qui est sur la route.

SUDMER, *qui s'est avancé lentement.*

« Est-ce qu'il ne s'en trouve pas par-tout de » ces Français, pour accompagner les Dames ? »

B 2

MURER.

Ah ! mon cher Sudmer, pardonne. Mesdames, je vous présente mon meilleur ami, & un de nos plus honnêtes Amériquains.

MADAME MURER, à *Sudmer,*

Monſieur, je vous demande mille pardons....

SUDMER.

Ne fais pas attention. Je ne ſuis pas formaliſte.

MURER, à *Sudmer.*

Comment trouves-tu ma nièce ?

SUDMER.

Si elle eſt auſſi bonne que belle, ce ſera une femme accomplie.

MURER, à *Corali.*

Ma chère fille, on ne peut qu'être heureuſe avec un homme auſſi eſtimable.

CORALI.

Mon oncle.....

MURER.

Des grimaces ! cela ne manque jamais, quand il eſt queſtion de mariage. Ces femmes ſont ſingulières, c'eſt toujours ce qu'elles deſirent le p!us ! qu'elles accueillent le moins. — Et elles font bien. Tant de gens abuſeraient de leur franchiſe !

MISTRISS BENWEL.

Eſt-ce que vous auriez le projec de lui donner Monſieur pour époux ?

SUDMER.

Je ne te plais pas ?

MISTRISS BENWEL.

Ce n'eft pas à moi qu'il faut plaire, c'eft à ma nièce.

(*Murer en eft à la lettre de Black. Elle lui caufe un trouble qu'il s'efforce de cacher.*)

CORALI, *à qui un domeftique eft venu parler.*

Mon oncle, le thé eft fervi.

MURER, *très-troublé,*

Je vous fuivrai..... Dans un inftant..... J'ai à parler avec Sudmer.

MISTRISS BENWEL.

Ce n'eft pas du mariage ?

MURER.

Eh ! morbleu ! vous m'impatientez.

MISTRISS BENWEL, *s'en allant,*

Toujours le même.

SCENE IV.

MURER, SUDMER.

MURER.

AH ! mon ami, lis cette lettre. Lis donc. Mais lis donc.

SUDMER, *lit très-pofément.*

« Ta femme te trahit pour un Officier n ommé
» Melcour , qu'elle connaiffait même av ant de

» t'épouser. Ils ont renoué pendant ton absence,
» & c'est dans le petit bois qui borde l'avenue qu'il
» vient, chaque soir, recevoir de Betti les avis
» qui réglent sa marche. »

(Il rend froidement la lettre à Murer.)

MURER.

Que je suis malheureux ! j'accours auprès
d'une épouse adorée. Je crois oublier dans ses
bras les ennuis d'une longue absence, les dangers d'un voyage pénible, & je n'arrive que pour
apprendre ma honte ! « Cruels Français ! — Hélas !
» comment le sexe le plus sensible vous résisterait-
» il ? Je vois tous les jours ceux de mes compa-
» triotes qui étaient le plus prévenus contre vous,
» devenir vos amis.

SUDMER.

« C'est pour cela que je les fuis avec tant de
» soins. Pour peu qu'on les écoute, il faut finir
» par les aimer. »

MURER.

Mais porter si loin la fausseté ! si tu avais vu
comme elle a volé dans mes bras ! comme elle
m'a pressé contre son sein ! Quelles caresses elle
m'a faites ! Non, je ne peux pas croire cette fatale
lettre.

SUDMER.

Il faudrait que tu fusses bien confiant pour ajou-
ter foi à un avis anonyme. Murer, il n'y a que
les lâches qui ne se nomment pas, & les lâches
ne méritent point de créance.

MURER.

En effet.... Cependant si c'était quelque ami
à qui mon honneur fût cher ?

SUDMER.

Un ami ! Il éclairerait ta femme, & ne t'avertirait pas. Crois-moi, Murer, on te trompe.

MURER.

Qui pourra me le prouver ?

SUDMER.

Et qui pourra te prouver qu'on ne te trompe pas ?

MURER.

Quelle perplexité ! comment débrouiller ce cahos ?

SUDMER.

En gardant le silence. Tais-toi & observe ; c'est toujours le meilleur moyen de découvrir la vérité.

MURER.

Tu as raison. Je vais faire une garde si assidue !...

SUDMER.

Ce n'est pas cela. Ce serait avertir que l'on redoublât de précautions.

MURER.

Il me vient une idée. Il n'y a que Blaek qui puisse me servir.

SUDMER.

Il me semble que je t'ai entendu nommer ainsi ton Commis ?

MURER.

C'est lui-même.

SUDMER.

Prends garde de commettre une imprudence.

MURER.

Eh ! morbleu ! il faut bien prendre un parti—

B 3

C'eſt un homme que j'ai tiré de la miſère, que j'ai comblé de biens. Je ſuis ſûr de ſon zèle & de ſa diſcrétion. Mais le voilà qui vient à propos.

_____

SCENE V.

LES PRÉCÉDENS. BLAEK.

MURER.

MONSIEUR BLAEK, avez-vous remarqué une de mes lettres qui portait l'empreinte d'une guinée ?

BLAEK.

Oui, Monſieur.

MURER.

Par qui vous a-t-elle été remiſe ?

BLAEK.

Par un homme que je ne connais pas.

MURER.

Vous ne lui avez point fait de queſtions ? — Je ne vous reconnais pas là, Monſieur Blaek.

BLAEK.

Si j'avais cru....

MURER.

Quel air avait-il ?

BLAEK.

Je n'ai pas remarqué.....

MURER.

Tant pis, Monſieur, tant pis. Il fallait obſerver..... Il eſt vrai que le front des ſcélérats ne les trahit jamais. Tenez, Monſieur Blaek, liſez.

BLAEK, *après avoir lu la lettre.*

Ah! Monfieur! c'eft fûrement une calomnie. Il eft vrai que j'ai vu fouvent chez le père de Madame un Officier Français, nommé Melcour. Je crois auffi l'avoir apperçu une fois dans ce canton, pendant votre abfence; mais cela ne prouve pas....

MURER.

Et que voulez-vous de plus? — Ah! mon cher Monfieur Blaek!.... Ce n'eft pas chez moi que vous l'avez vu?

BLAEK.

Vous fçavez, Monfieur, que vos intérêts qui me font tous les jours plus chers, me tiennent fans ceffe dans vos nombreufes poffeffions, ou dans mon cabinet; je ferais, par conféquent, bien aifé à tromper; mais je n'en garantirais pas moins que c'eft une calomnie. Peut-être cette délation eft-elle fondée fur ce qu'autrefois Madame a paru goûter la fociété de ce Monfieur Melcour; mais elle n'était pas encore votre époufe.

MURER.

Sçavez-vous bien qu'à chaque mot vous m'enfoncez un poignard dans le cœur? Monfieur Blaek, votre intention eft bonne; mais vous la manifeftez mal.

BLAEK.

Monfieur, je vous fupplie d'excufer.....

SUDMER, *à part.*

Cet homme là n'aurait pas ma confiance, il eft toujours profterné.

BLAEK.

Vous connoiffez mon zèle.

MURER.

C'eſt dans ce moment-ci que j'y compte, pour m'aider à découvrir la vérité. Veillez ſur le petit bois ſans affectation ; &, ſi l'avis eſt fondé, faites tout ce que le moment & la prudence vous preſcriront pour m'amener cet Officier, ſans qu'il ſoit vu, ſur-tout par ces Dames.

BLAEK.

Vous pouvez vous repoſer ſur moi.

MURER.

Sur-tout de la prudence, Monſieur Blaek, (à *Sudmer.*) Mon ami, je te retrouverai chez elle. — Je crois.... Je ſens que j'aurai la force de me contraindre.

(*Blaek laiſſe paſſer Murer, & derrière lui, il exprime le plaiſir qu'il éprouve de l'effet de ſa lettre. Il ſortent tous les deux.*)

SCENE VI.

SUDMER, *ſeul.*

ET puis, mariez-vous. En vérité, cela m'effraye.

(*Il s'aſſied ſur un fauteuil, dont le doſſier eſt aſſez haut pour l'empêcher d'être vu par ceux qui entrent.*)

SCENE VIII.

SUDMER, MELCOUR, FRONTIN.

(Betti amène Melcour & Frontin avec des précautions qui indiquent la crainte de rencontrer quelqu'un. Quand ils sont sur le Théâtre, elle sort.)

(Melcour & Frontin s'avancent jusqu'auprès de Sudmer, dont la rencontre les déconcerte. Ils le saluent. Sudmer les regarde avec l'air antipathique des Quakers pour les Français, se lève, les regarde & sort sans leur rien dire.

MELCOUR.

MISTRISS BENWEL m'avait bien dit que Sir Murer était brusque ; mais je ne m'attendais pas à une pareille réception.

FRONTIN.

Elle n'est pas en effet très-encourageante.

MELCOUR.

Il faut cependant qu'il soit plus traitable qu'il ne le paraît ; toute la Province retentit de son éloge. — Mons Frontin, Si Mistriss Benwel persiste dans son projet, souvenez-vous de vous mêler parmi ses gens, & gardez-vous bien qu'on ait le moindre soupçon que vous ne lui appartenez pas.

FRONTIN.

Je sais, je sais.

SCENE IX.

LES MÊMES. MISRRISS BENWEL.

EH bien ! Monſieur, vous défierez-vous une autre fois de mes projets ? Tout ne réuſſit-il pas à merveille ?

MELCOUR.

Je ne vois pas cela, & je ſuis loin de trouver mon début heureux.

FRONTIN.

Je crois ſeulement que nous venons de rencontrer préciſément l'oncle.

MELCOUR.

Si c'eſt effectivement lui, ſon abord ne me promet pas un ſuccès facile.

MISTRISS BENWEL.

Vous m'inquiétez. Comment eſt celui que vous venez de voir ?

MELCOUR.

Son coſtume annonce un Quaker.

FRONTIN.

Et ſon air, un homme de mauvaiſe humeur.

MISTRISS BENWEL, *riant.*

Ah ! ah ! ah ! c'eſt bien pis que l'oncle, c'eſt un rival.

MELCOUR.

Un rival !

MISTRISS BENWEL.

Oui : un nommé Sudmer, un original de

Quaker que mon frère a trouvé dans ses voyages,
& qu'il amène pour en faire l'époux de Corali.
Mais soyez tranquille, nous le détestons toutes
de notre mieux, & je prends le succès sur moi.

MELCOUR.

Vous me pénétrez de reconnoissance ; mais je
vous en prie, changeons cette marche furtive à
laquelle vous me forcez. Elle devient inutile, à
présent que la rencontre de ce Sudmer.....

MISTRISS BENWEL.

Si vous n'avez été vu que par lui, c'est comme
si vous ne l'aviez été par personne. On a toutes
les peines du monde à lui arracher une parole,
quand on l'interroge ; jugez s'il y a à craindre que
cela parle tout seul.

FRONTIN.

Ce n'est pas là son défaut, il vient de nous
le prouver.

MELCOUR.

Mais, encore une fois, ne serait-il pas plus honnête de me présenter tout de suite à l'oncle de
Corali ?

MISTRISS BENWEL.

Vous m'impatientez avec vos objections d'hon-
nêteté. Il n'y aurait qu'à céder à vos idées, nous
ferions de belles choses ! Un oncle prévenu contre
votre nation, un rival qui a déjà des promesses....
Toutes ces difficultés se lèvent en se montrant ?
Non, Monsieur, non. En dépit de votre délica-
tesse, il faut vous cacher jusqu'à ce que j'aie tout
disposé pour le succès. D'ailleurs je veux ménager
une surprise à ma nièce,

MELCOUR.

Quoi ! Corali même n'est pas instruite !.........

MISTRISS BENWEL.

Elle le sera la dernière. Un bonheur attendu
perd la moitié de son prix ; mais une surprise !
L'ame ne suffit pas à tout le plaisir que l'on éprouve.
C'est une ivresse !..... C'est un torrent de joye !.....
Je suis folle de ces scènes-là — Et puis une fête
que ma sœur nous a promise pour ce soir... Je choi-
sirai ce moment. Je vois d'ici ma nièce s'élancer
dans les bras de son oncle , de ma sœur , dans les
miens ; son amant à nos genoux ; le Quaker dans
quelqu'attitude de stupéfaction. Cela sera charmant.

MELCOURT.

Mais les momens qui précéderont celui - là
vont être pour moi des siècles de tourmens.
Quoi ! vous voulez que je sois sous le même toît
que Corali , que j'entende peut-être sa voix en-
chanteresse , & que je ne vole pas à ses pieds !

MISTRISS BENWEL.

Je ne vous demande que de vous contraindre
pendant quelques heures ; & je vous y conduirai
moi-même de l'aveu de son oncle.

MELCOUR.

Quelques heures ! ah ! Madame ? comme vous
parlez de quelques heures ! Pensez donc à tout ce
qui peut arriver ? Pensez qu'ayant ignoré jusqu'à
ce jour, que Corali avait changé de demeure,
je lui ai adressé toutes mes lettres à Charlestown ;
que peut-être elle ne les a pas reçues ; que peut-
être elle me croit infidèle ; qu'il ne faut qu'un

moment pour qu'elle engage sa parole ; & vous
me parlez de quelques heures !

MISTRISS BENWEL.

Ecoutez-moi. Je vais vous prouver que l'étourderie n'exclut pas la profondeur du raisonnement.
Pour aujourd'hui, il n'y a rien à craindre. Vous
avez vu le Sudmer, il n'est pas redoutable. Et,
si votre mauvaise étoile voulait que quelque rival
heureux vous eût supplanté, vous ne pourriez
apprendre trop tard votre infortune.

FRONTIN.

Belle consolation !

MELCOUR.

Avec quelle tranquillité vous faites une sup-
position aussi cruelle !

MISTRISS BENWEL.

C'est que je suis sûre qu'elle ne se réalisera pas.
On aime en Amérique comme on aimait autrefois sur les bords du Lignon. — Mais nous nous
exposons à être surpris, & à voir mes projets
déconcertés. Passons dans cet appartement.
(*Ici Corali paraît dans le fond, & les examine.*)

MELCOUR.

Vous le voulez absolument ?

MISTRISS BENWEL.

Encore une fois, nous nous exposons à être
surpris, & j'en serais au désespoir.

MELCOUR.

J'obéis. Je remets mon sort entre vos mains.

(*Miftriss & Melcour entrent dans l'appartement. Corali refte. Comme elle a vu baifer la main de Miftriss, fon jeu doit annoncer la plus grande jaloufie. Frontin va pour fortir. Trompé par la fimplicité de l'habillement de Corali, il la prend pour une Soubrette, & l'aborde en Valet petit-maître.*)

SCENE X.

CORALI, FRONTIN.

FRONTIN.

C'EST fans doute à la perle des Soubrettes Amériquaines que j'ai l'avantage de parler ?

CORALI.

Vous êtes le Valet de Melcour ?

FRONTIN.

Quoi ! vous favez !....

CORALI.

Je fais tout. C'eft lui que je viens de voir.

FRONTIN.

Ce n'eft pas moi qui vous le dis au moins.

CORALI.

Que fait Melcour ici ? Pourquoi fe cache-t-il ?

FRONTIN.

C'eft ce qu'il m'eft défendu de dire. Dans notre état on n'eft pas indifcret impunément.

CORALI.

CORALI.

Songez que j'en fais affez pour exiger que vous ne me cachiez rien.

FRONTIN, *à part.*

Me voilà entre une jolie femme & une volée de coups de bâton. Donnons-lui le change. (*Haut*) Je ne fais point réfifter aux ordres d'une auffi charmante perfonne ; &, puifque vous l'exigez, je vous avouerai que c'eft pour Miffriss Benwel que mon maître eft ici. Elle eft un peu folle, la bonne Dame, un peu fur le retour,.... Mais elle eft riche.

CORALI, *à part.*

Le monftre !

FRONTIN.

Mais point d'indifcrétion, s'il vous plaît, cela pourrait avoir des fuites très fâcheufes pour moi. (*à part*) — Pour le coup, la voilà bien dépaysée ! (*haut*) Quoi ! vous me quittez déjà ? Permettez au moins que je vous accompagne.

CORALI.

Je vous défens de me fuivre.

(*Elle fort.*)

SCENE XI.

FRONTIN, *feul.*

QUEL air de dignité ! n'importe, c'eft une des plus jolies Soubrettes que j'aie jamais rencontrées. Il faut que je lui en conte. Il faut qu'elle

C

qu'elle m'adore, c'eſt la même choſe..... Mais..
Si je m'oriente bien.... Oui.... La chambre dan.
laquelle elle vient d'entrer, doit donner ſur le
petit bois qui borde l'avenue.... Cela ſerait délicieux !.... Dès cette nuit.... Ce ſerait un coup de
maître. — Allons vite reconnaître les dehors, &
prendre nos meſures.

Fin du ſecond Acte.

ACTE III.

SCENE PREMIÉRE.

SIR MURER, & un moment après,

MADAME MURER.

(Dans toute cette Scène & dans la suivante, fureur concentrée de la part de Murer, & toujours prête à éclater.)

MURER.

JE n'y saurais tenir davantage. A chaque instant j'étais prêt d'éclater. Non, jamais elle ne m'a tant marqué de tendresse. Quelle perfidie ! femme cruelle ! tu ne sais pas quel cœur tu déchires !

Madame MURER.

Qu'as-tu donc, mon ami ? Tu m'inquiettes. Tu as un air sombre que je ne t'ai jamais vu.

MURER.

Que voulez-vous que j'aie ?

Madame MURER.

J'ai cru remarquer que c'était depuis la lecture d'une de tes lettres. Serait-ce quelque malheur ?

MURER.

Il n'y en aurait qu'un qui pût m'affecter. Ce serait celui de perdre votre cœur.

C 2

Madame M U R E R.

Ton bonheur durera donc autant que ma vie!

M U R E R.

S'il pouvait se trouver un monstre capable de
vouloir le troubler! — J'espère que le succès ne
couronnerait pas son audace.

Madame M U R E R.

Que voulez-vous dire!

M U R E R.

Ah! c'est que les séducteurs sont aimables! Ils
savent prêter au sentiment toutes les graces de
la galanterie; & les gens comme moi ne savent
qu'aimer tout bonnement.

Madame M U R E R.

Et sont les seuls qui soient véritablement aimés.

M U R E R, à part.

Quelle audace!

SCENE II.

Les Mêmes, MISTRISS, BENWEL.

MISTRISS BENWEL.

EH bien! est-ce de l'ami Quaker qu'il est
question?

M U R E R.

Eh! non, ma sœur. — Pourquoi cela?

MISTRISS BENWEL.

Pour fçavoir fi vous voulez toujours en faire
l'époux de Corali.

MURER.

Eſt-ce que je ſuis accoutumé à changer de vo-
lonté d'un inſtant à l'autre ? — C'eſt mon amitié
pour Corali qui a dirigé mon choix, & je ne crois
pas pouvoir en faire un meilleur.

MISTRISS, *ironiquement.*

Je vous demande pardon.

Madame MURER.

Corali nous a priées.....

Madame MURER.

De quoi ? de me dire qu'elle n'en veut point.
Eſt-elle auſſi épriſe de quelque Français ? Car toutes nos femmes en perdent la tête.

MISTRISS BENWEL, *ironiquement.*

Et cela vous ſurprend !

Madame MURER.

En effet, c'en eſt un qu'elle aime ; mais quand
vous ſaurez qu'il fut le défenſeur de ſa mère & le
ſien, & que ma ſœur Hervill, dont vous con-
noiſſiez la prudence, approuvait ſon penchant....

MURER.

Oh ! ſans doute... Ma ſœur ſe ſera laiſſé éblouir...
comme tant d'autres. Mais pourquoi ne m'avoir
pas inſtruit plutôt ? Que voulez-vous que je diſe
à Sudmer à préſent ?

MISTRISS BENWEL.

Qu'il eſt venu trop tard.

MURER.

Belle raifon.

Madame MURER.

Voudrait-il une femme dont un autre poffède le cœur? Vous-même, voudriez-vous forcer Corali?....

MURER.

Je m'en garderais bien. —Souvent celles même qui font mariées fuivant leur choix,.... Mais où eft-il cet Officier?

MISTRISS BENWEL.

Il peut n'être pas loin.

Madame MURER.

Elle en attend tous les jours des nouvelles, & ne vous demandera votre confentement que quand vous le connaîtrez. Elle fe borne à préfent à vous prier de ne point infifter en faveur de Sudmer.

MURER.

A la bonne heure.

MISTRISS BENWEL.

Allez vîte, ma fœur, raffurer cette chère enfant; & moi, je vais..... Suffit, fuffit.

Madame MURER, à fon mari.

Je cours lui donner cette nouvelle preuve de votre tendreffe.

✠

SCENE III.

SIR MURER, & un moment après, CORALI.

MURER.

AH ! Sudmer ! je me garderais bien de vouloir
en faire ta femme malgré elle. La mienne qui
paraissait m'aimer.....

CORALI.

Mon oncle.....

MURER.

Eh bien ! qu'est-ce que c'est ? Ah ! c'est vous,
Corali ! Qu'avez-vous donc ? On dirait à vos yeux
que vous venez de pleurer. Si c'est Sudmer qui
vous inquiéte, rassurez-vous. Je vous aime trop
pour vouloir vous contraindre.

CORALI.

Ah ! mon oncle ! je viens au contraire vous prier
de hâter ce mariage ; je ne me croirai heureuse que
quand il sera fait.

MURER.

Que diable cela veut-il dire ? Accordez - vous
donc ; & sachez ce que vous voulez. On vient
de me prier de retirer ma parole.

CORALI.

Si vous saviez la perfidie !.... Celui à qui je ré-
servais toute ma tendresse, qui m'avait juré un
amour éternel !.... Eh bien, c'est à présent à Mistriss Benwel, à ma tante, que le perfide..... Non,
je ne veux plus en entendre parler. Mon oncle,

vous m'avez dit que Sudmer est un honnête homme. Cela vaut mieux que toutes ces qualités brillantes dont un traître se pare pour nous séduire.

MURER, *avec attendrissement.*

Corali, ma chère Corali, conserve à jamais ces principes.

CORALI.

Ma prière n'est pas l'effet d'un premier mouvement : c'est la réflexion qui l'a dictée ; c'est le souvenir de ce que m'a dit si souvent ma respectable mère, que l'homme qui trahit celle qui n'est pas encore son épouse, ne peut que la rendre malheureuse, dès qu'elle l'est devenue. C'était le sort qui m'attendait. J'ai le bonheur d'être éclairée, j'aurai la force de le fuir. Secondez-moi, mon cher oncle, en hâtant mon mariage avec Sudmer. Il est inutile pour éteindre un sentiment que j'abjure ; mais il ramènera le calme dans mon ame.

MURER.

Je me rends à tes instances, ma chère enfant ; &, dès ce soir, je terminerai avec Sudmer. (*En s'en allant.*) Ah ! Pourquoi toutes les femmes ne pensent-elles pas comme elle ?

CORALI, (*seule, se jettant sur le fauteuil, & s'appuyant sur la table.*

Ah ! perfide Melcour ! se peut-il qu'avec tant de qualités aimables.....

SCENE IV.

CORALI, MELCOUR.

MELCOUR, *entrant avec précaution.*

J'AVAIS cru entendre la voix de Corali.

CORALI *se levant.*

Non. Je ne veux plus même y penser.

MELCOUR *accourant.*

Ah ! mon cœur ne m'avait pas trompé. C'est vous, ma chère Corali ! c'est vous que je revois enfin !

CORALI.

Votre chère Corali, Monsieur ?

MELCOUR.

Dieu ! Quel accueil ! Est-ce ainsi que l'amant le plus fidèle ?....

CORALI.

Le traître ! il ose me parler de sa fidélité à l'instant même où il quitte ma rivale !

MELCOUR.

Ciel ! Qu'osez-vous dire ?

CORALI, *voulant s'en aller.*

Le tems de la séduction est passé. (*Melcour voulant la retenir.*) Laissez-moi, Monsieur, laissez-moi.

MELCOUR.

De grace, daignez m'écouter.

CORALI, *voulant toujours s'en aller.*

Je ne veux rien entendre.

MELOUR, *à genoux.*

Ah ! je vous en conjure ; arrêtez, Corali. Quand vous faurez.....

CORALI, *avec une ironie amère.*

Levez-vous, Monfieur, levez-vous. Miftriss Benwel pourrait vous furprendre.

MELCOUR.

Ce courroux m'eft bien précieux ! il me prouve que je vous fuis toujours cher ; mais il n'eft pas fondé.

CORALI.

Ne ne vous y trompez pas, Monfieur, c'eft de l'indignation, & vous ne devez y voir que la preuve de mon indifférence.

MELCOUR.

Vous m'anéantiffez.

CORALI, *voulant fortir, & appercevant Miftriss Benwel qui les a écoutés.*

Ciel !

SCENE V.

LES MÊMES, MISTRISS BENWEL.

Restez, Corali, reftez. Pour une rivale, je fuis la meilleure perfonne du monde. Je commence toute explication par vous le céder. Sachez

qu'il eſt ici pour vous ſeule ; & ſi j'ai dérobé ſa
marche, c'était parce que je ne voulais le faire
connaître qu'au moment où j'aurais tout diſpoſé
pour le ſuccès. Outre que cette manière était la
plus ſûre, j'avais des projets délicieux..... Mais
avec des têtes comme les vôtres !.....

CORALI ſe jettant dans les bras de Miſtriss.

Ah ! ma tante ! ah ! Melcour ! combien je ſuis
coupable !

MISTRISS BENWEL.

Coupable ! Eh ! non, ma chère, tu aimes,
voilà le mot, (à Melcour) » & nous ne perdons
» à cela que la ſurpriſe. Mais, je l'avoue, je la
» regretterai éternellement. C'aurait été un ta-
» bleau unique !.... d'un effet !.... d'un intérêt !....
» C'eſt que ces choſes-là ne ſe trouvent pas deux
» fois dans la vie. — Monſieur, Melcour je vous
» en veux ».

MELCOUR.

« Pouvais-je lui laiſſer croire que je la trahiſ-
» ſais ? »

CORALI.

Ah ! vous ne ſavez pas encore tous mes torts.
Peut-être qu'au moment où je vous parle, mon
oncle porte à Sudmer un conſentement.....

MISTRISS BENWEL.

Je devine l'étourderie. Quel champ pour les
reproches, ſi les momens étaient moins précieux !
— J'entends quelqu'un. (A Melcour) Rentrez vîte
dans cet appartement, (à Corali) & nous, allons
prévenir ma ſœur, ramener Murer, & culbuter
le cher Quaker.

SCENE VI.

BLAEK, FRONTIN, *arrivant avec precaution, comme quelqu'un qui vient en bonne fortune.*

BLAEK.

Entrez, vous dis-je, entrez. On ne veut pas que vous vous morfondiez, comme cela, dans ce bois.

FRONTIN.

Je voudrais cependant favoir de quelle part.....

BLAEK.

Je vous l'ai déjà dit. C'eſt de la part de quelqu'un qui s'intéreſſe à vous.

FRONTIN.

Mais encore....

BLAEK.

Eh! mon Dieu! ayez un peu de confiance.

FRONTIN.

Allons, je m'abandonne donc à mon étoile. J'aurais tort, après tout, de m'en défier. Elle m'a toujours été favorable en fait de bonne fortune.

BLAEK, *à part.*

Je n'ai pas trouvé ce Melcour; mais cet homme là eſt ſûrement ſon émiſſaire; &, quand il s'agit de vengeance, il ne faut rien négliger.

FRONTIN.

Eh bien ! je fuis prêt. Faut-il vous fuivre plus loin ? faut-il attendre ?

BLAEK.

Reftez ici quelques inftans. On ne tardera pas.

FRONTIN.

Je le defire ; car je fuis impatient & curieux.

BLAEK, *fort en indiquant que Frontin fera furpris, &c. &c.*

SCENE VII.

FRONTIN, *feul.*

J'AI fait le difcret, parce qu'on dit qu'il faut l'être dans ce pays-ci ! mais je fuis bien fûr que c'eft ma fière Soubrette de tantôt qui m'aura vu de fa fenêtre, & qui veut m'épargner les difficultés. Je favais bien, moi, qu'elle m'adorerait. Je ne croyais pas, à la vérité, que cela fût fi prompt. (*Se pavanant.*) Tu ne croyais pas, Frontin !.... Mais regarde-toi donc, & ne fois plus fi modefte. D'ailleurs, tu es Français, nous fommes en Amérique : c'eft à ces Dames à faire les avances.

BLAEK, *ne paraiffant pas encore.*

Il attend dans cette chambre.

FRONTIN.

Bon ! la voilà. (*Il va au-devant, il recule de furprife, en appercevant Murer.*)

SCENE VIII.

MUKER, BLAEK, FRONTIN.

FRONTIN, *déconcerté*,

Monsieur.... J'ai bien l'honneur.... d'avoir l'avantage.... (*à part.*) Le traître m'a joué...... (*Haut.*) Je suis.... très-flatté.... Monsieur....

MURER.

Finissons, qui êtes-vous ?

FRONTIN.

Monsieur.... Je suis un jeune étranger de bonne famille, qui voyage.... pour l'utilité d'autrui.

MURER.

Point de détours. C'était par l'ordre de Melcour que vous étiez en embuscade dans le petit bois?

FRONTIN.

Non, Monsieur, nous sommes chacun pour notre compte. Il soupire pour les grandes Dames, lui. Pour moi, je me contente des Soubrettes. J'en ai vu ici une dont je suis tombé amoureux; & je cherchais de quel côté donnait la fenêtre de sa chambre, quand ce patelin, que j'ai cru envoyé de sa part, est venu avec son air mystérieux.

MURER.

Finissons ce verbiage. Où est ton maître?

FRONTIN.

Mon maître? — Cela m'est défendu.

BLAEK.

S'il ne veut pas parler, il n'y a qu'à appeller quatre ou cinq Nègres, & le faire mourir sous le bâton.

FRONTIN.

Me voilà bien loti. Que je parle ou que je me taise, je serai assommé. Si ce n'est pas par vos nègres, ce sera par mon maître.... Eh bien, Monsieur, j'aime mieux mourir avec l'honneur.

MURER.

Avec l'honneur ! toi, infâme émissaire ! — je ne saurais te blâmer. C'est à ton maître que tu dois obéir.

FRONTIN.

Oh! oh! c'est qu'avec moi un secret....

BLAEK.

Résiste même à une bourse !

FRONTIN.

Une bourse ? Cela dépend de sa valeur & de l'importance du secret. Les proportions font tout.

BLAEK.

Monsieur, vous entendez ?

MURER, *jettant une bourse à Frontin avec l'air du plus grand mépris.*

Prends donc & réponds-moi.

FRONTIN.

Eh bien, Monsieur, il n'a pas besoin d'aller, comme moi, reconnaître les dehors, *(Bas à Murer.)* Il est dans la maison.

MURER, *se jettant dans les bras de Blaek.*

Ah ! Dieu ! (*Frontin saisit ce moment pour s'é-chapper.*) (*à Blaek.*) Monsieur Blaek , courez vîte après cet homme , & empêchez que rien ne transpire.

SCENE IX.

MURER, SUDMER.

MURER.

AH ! mon ami ! l'avis n'est que trop fondé. Ce vil séducteur !.... Il est chez moi.

SUDMER.

Je le sais.

MURER.

Et tu ne me le disais pas !

SUDMER.

Elles sont trois ici. Qui sait encore à laquelle il en veut ?

MURER.

Il ne m'est plus permis d'en douter. Toutes les circonstances.....

SUDMER.

Paix : la voilà qui s'approche.

SCENE X.

SCENE X.

LES MÊMES, MADAME MURER,
MISTRISS BENWEL, CORALI.

MURER, *préfentant la lettre avec fureur*
à Madame Murer.

LISEZ, Madame, lifez; & ofez me dire qu'à
préfent même il n'eft pas ici.

Madame MURER, *de l'air le plus calme,*
après avoir lu.

Cette lettre m'exprime la fcène de tantôt. Un
inftant fuffira pour tout éclaircir. Nous venions
précifément vous parler de ce Melcour.

MURER, *à part.*

Sa tranquillité m'anéantit.

MISTRISS BENWEL.

Que cela veut-il dire? Eft-ce que l'on vous
aurait prévenu contre mon cher protégé? Je voudrais bien voir cela.

MURER.

Eh! morbleu!....

Madame MURER, *donnant la lettre à Miftriss.*

Lifez, ma fœur, lifez.

MISTRISS BENWEL, *après avoir lu.*

Dieu! l'infâme calomnie! Sachez, mon frère,

D

qué ce Melcour eſt ce même Officier Français qui m'a eſcorté pendant la route ; que c'eſt moi qui l'ai amené ici; que c'eſt pour ma nièce. (*Allant à l'appartement dans lequel eſt Melcour.*) Venez, Monſieur, venez.

M U R E R.

Que veut-elle dire? M'aurait-on trompé ?

SCENE XI.

LES PRÉCÉDENS, MELCOUR.

M U R E R.

Monsieur?..... Que vois-je ! c'eſt lui-même. (*Voyant que Melcour ne le reconnaît pas.*) Quoi ! Monſieur, vous ne me reconnaiſſez pas ?

M E L C O U R.

Monſieur, j'ai bien quelque idée......

M U R E R.

Comment ! quelque idée ! Parbleu, Monſieur, il faut que les gens de votre pays ſoient bien légers, ou qu'une belle action leur coute bien peu. Ne pas reconnaître un homme à qui on a ſauvé la vie ! — Mais vous avez raiſon. C'eſt à celui qui a été l'objet du bienfait à en garder le ſouvenir. (*Le préſentant à ſa femme.*) Ma chère amie, voilà l'homme généreux ſans lequel je périſſais en traverſant le grand fleuve.

MISTRISS BENWEL.

Eh bien ! avons-nous raiſon de le protéger?

SCENE XII & dernière.

LES PRÉCÉDENS. BLAEK.

BLAEK.

MONSIEUR, je n'ai jamais pu...(*La vue de Melcour le déconcerte.*)

MURER.

Monsieur Blaek, si l'inconnu qui vous a remis cette infâme lettre, avait l'audace de reparaître !...

Madame MURER, *avec dignité.*

Je connais le seul homme qui ait pu l'écrire. Qu'il sache que la prudence ne me permet plus de pardonner, & que ce n'est qu'en quittant promptement ce pays, qu'il peut mériter de ma part un reste de pitié.

MURER.

Que voulez-vous dire ?

Madame MURER, *fixant Blaek.*

Monsieur Blaek m'entend (*Blaek reste anéanti.*)

MURER.

Quels soupçons je conçois ! Quoi ! Monsieur Blaek, vous étiez dans le secret d'une manœuvre aussi exécrable ! & vous aviez l'audace !.... Si j'en croyais ma fureur ! — Homme cruel ! je croyais avoir des droits à ta reconnaissance, & tu voulais empoisonner mes jours. (*Lui donnant*

D 2

un portefeuille.) Voilà de quoi parer aux premiers besoins. Sortez à l'inftant même de chez moi. (*A Madame Murer.*) Ah ! mon amie ! combien je fuis coupable ! oublie à jamais.....

Madame MURER.

Je veux au contraire me fouvenir toujours que tu m'aimes affez pour avoir été jaloux.

MISTRISS BENWEL.

C'eft fort bien prendre la chofe.

MURER.

Que trop, morbleu ! Tant de douceur ne fait que me rendre plus coupable, & j'aimerais cent fois mieux.....

MISTRISS BENWEL, *indiquant Corali.*

Mais voyez donc, cette chère enfant ! comme elle eft honteufe de la prière qu'elle vous a faite tantôt, dans la perfuafion que j'avais l'honneur d'être fa rivale !

CORALI.

Ma tante !.....

MISTRISS BENWEL.

J'efpère que vous lui donnerez Monfieur pour époux.

Madame MURER.

« Je joins mes prières à celles de ma fœur. »

MURER.

«Que voulez-vous donc dire avec vos prières ?» —Je fuis trop heureux ! (*à Sudmer.*) Tu vois, mon cher Sudmer.....

SUDMER.

Que je fuis de trop ici. (*Il fort.*)

MISTRISS BENWEL.

Il s'en apperçoit enfin.

MURER, *à Melcour.*

Homme généreux! je te la donne, & je regarde comme un bonheur que tu fois de la famille.

MELCOUR.

Ah! Monfieur!

CORALI.

Ah! mon oncle, que ne vous dois-je pas?

Enfemble.

MURER.

Au contraire, ma chère amie, tu vas le payer du fervice qu'il m'a rendu; je ne m'en croirai pas quitte pour cela : tu vois que c'eft moi qui refte votre obligé à tous les deux. (*A Madame Murer.*) Et toi, femme refpectable, livre-toi à toute la beauté de ton ame. Si ta clémence aggrave mes torts, elle augmente tes droits à ma tendreffe.

F I N.

APPROBATION.

Lu & approuvé. A Paris, ce 15 Mai 1787.

SUARD.

Vû l'Approbation, permis d'imprimer. A Paris, ce 15 Mai 1787.

DECROSNE.

DRAMES et COMÉDIES

Qui se trouvent chez CAILLEAU, *Imprimeur-Libraire, rue Galande, N°. 64.*

A.

ABDOLONYME, ou le Roi berger.
A bon Chat, bon Rat.
A bon Vin point d'enseigne.
Absence du Maître. (l')
Ainsi va le Monde.
Alexis & Rosette.
Amant de retour. (l')
Amour & Bacchus au Village. (l')
Amour Quêteur. (l')
Amour Suisse. (l')
Amours de Montmartre. (les)
Anglais à Paris (l')
Anglaise (l') déguisée.
Arlequin muet.
Arlequin Roi dans la Lune.
Aveux imprévus. (les)
Avocat Chiffonnier. (l')
Bal Masqué. (le)
Ballon. (le)
Barogo.
Bataille d'Antioche. (la)
Battus payent l'amende. (les)
Bayard, ou le Chevalier sans peur & sans reproche.
Bienfaisans. (les)
Bienfait anonime. (le)
Bienfait récompensé. (le)
Blaise le Hargneux.
Bon Seigneur. (le)
Bon Valet. (le)
Bonnes gens. (les)
Boniface Pointu.
Bons Amis. (les)
Bottes de Foin. (les)
Brebis (la) entre deux Loups.
Cabinet de Figures. (le)
Cacophonie. (la)
Café des Halles. (le)
Ça n'en est pas.
Caprices (les) de Proserpine.
Carmagnole & Guillot Gorju.
Chacun son Métier.
Cent Ecus. (les)
Cent Louis. (les)
Consultations. (les)

Corbeille enchantée. (la)
Christophe le Rond.
Churchill amoureux.
Colporteur supposé. (le)
Danger des Liaisons. (le)
Déguisemens Amoureux, (les)
Déguisemens, (les)
Déserteur. Drame.
Devin par hasard. (le)
Deux (les) font la paire.
Deux Fourbes. (les)
Deux Sœurs. (les)
Deux Sylphes. (les)
Dinde du Mans. (la)
Diogène Falublie.
Double Allégresse. (la)
Dragon (le) de Thionville.
Duel (le)
Dupes de l'Amour. (les)
Echange (l') des deux Valets
Ecole des Coquettes. (l')
Ecolier devenu Maître. (l')
Ecossaise. (l')
Ecouteur aux Portes. (l')
Emménagement de la Folie. (l')
Enrôlement supposé. (l')
Esope à la Foire.
Espiéglerie amoureuse. (l')
Etrennes de l'Amour, de l'Amitié & de la Nature. (les)
Eustache Pointu.
Fanfan & Colas.
Fanny.
Faux Talisman. (le)
Fausses Consultations. (les)
Fausses Infidélités. (les)
Faux Ami, Drame. (le)
Faux Billets Doux. (les)
Fédéric & Clitie.
Femme comme il y en a peu. (la)
Femmes & le Secret. (les)
Fête des Halles. (la)
Fête Villageoise. (la)
Fin contre Fin.
Fête de Campagne. (la)
Folies à la mode. (les)